Paso a paso

La historia de un bate de béisbol

Todo comienza con madera

Robin Nelson

ediciones Lerner ◆ Mineápolis

ediciones Lerner
Una división de Lerner Publishing Group, Inc.
241 First Avenue North
Mineápolis, MN 55401, EE. UU.

Si desea averiguar acerca de niveles de lectura y para obtener más información, favor consultar este título en www.lernerbooks.com.

Créditos de las imágenes: Otto Greule Jr/Getty Images, p. 3; Josef Mohyla/E+/Getty Images, p. 5; age fotostock/Alamy Stock Photo, p. 7; Tim Clayton/Corbis/Getty Images, pp. 9, 15, 17, 19, 23 (logotipos) (tinturas); Vespasian/Alamy Stock Photo, p. 11; John Ewing/Portland Press Herald/Getty Images, p. 13; Juan DeLeon/Icon Sports Wire/Corbis/Getty Images, p. 21; BananaStock Ltd. exento de regalías, p. 22; LightFieldStudios/iStock/Getty Images, p. 23 (bate); Rapiphong Kullathamyothin/EyeEm/Getty Images, p. 23 (troncos). Portada LightFieldStudios/iStock/Getty Images (bate); Rapiphong Kullathamyothin/EyeEm/Getty Images (troncos).

Fuente del texto del cuerpo principal: Mikado Medium.
Fuente proporcionada por HVD Fonts.

Library of Congress Cataloging-in-Publication Data

Names: Nelson, Robin, 1971- author.
Title: La historia de un bate de béisbol : todo comienza con madera / Robin Nelson.
Other titles: Story of a baseball bat. Spanish
Description: Minneapolis : ediciones Lerner, 2022. | Series: Paso a paso | Includes bibliographical references and index. | Audience: Ages 4–8 | Audience: Grades K–1 | Summary: "A baseball bat starts out as a tree. But how does it happen? Follow the process of making a baseball bat step by step. Now in Spanish!" —Provided by publisher.
Identifiers: LCCN 2021020508 (print) | LCCN 2021020509 (ebook) | ISBN 9781728441870 (library binding) | ISBN 9781728447827 (paperback) | ISBN 9781728443959 (ebook)
Subjects: LCSH: Baseball bats—Juvenile literature.
Classification: LCC GV879.7 .N452518 2022 (print) | LCC GV879.7 (ebook) | DDC 796.357028/4—dc23

LC record available at https://lccn.loc.gov/2021020508
LC ebook record available at https://lccn.loc.gov/2021020509

Fabricado en los Estados Unidos de América
1-49942-49785-6/14/2021

¡El béisbol es divertido!

¿Cómo se hizo mi bate?

Primero, los árboles se cortan en troncos.

Luego, los troncos se cortan y se moldean.

Luego, un trabajador elige una pieza de madera.

Una máquina talla la madera.

Luego, el bate se lija.

Posteriormente, los trabajadores controlan el bate.

Un trabajador tiñe el bate.

Después, una máquina agrega los logotipos.

TL-TULO-M
PRO SELECT LIMITED
06271498.4 33/30

Finalmente, el bate se despacha.

#36
#1
#30
#11
SSK

¡A batear!

Glosario con imágenes

bate

logotipos

tinturas

troncos

Otros títulos

Flynn, Brendan. *Baseball Time!* Minneapolis: Lerner Publications, 2017.

Minden, Cecilia. *Tim and His Bat*. Ann Arbor, MI: Cherry Lake, 2018.

Nelson, Robin. *Baseball Is Fun!* Minneapolis: Lerner Publications, 2014.

Índice